Bernd Schroeder · Peter Gaymann

Carola & Heinz

Bernd Schroeder · Peter Gaymann

Carola & Heinz

Ein Bilderbuch für Erwachsene

*Liebe Kristina, schau, ich bin fremdgegangen.
Liebe Grüße von
Bernd
März 13*

Kein & Aber

Alle Rechte vorbehalten
Copyright © 2013 by Kein & Aber AG Zürich – Berlin
Coverbild: Peter Gaymann
Druck und Bindung: Kösel GmbH, Krugzell
ISBN 978-3-0369-5670-1

www.keinundaber.ch

»Suppenhühner, körnergefüttert, direkt vom Bauernhof für Selbstabholer, 5 Euro – Bio-Bauer Blüm«

stand in der Anzeige, die ich mir angestrichen hatte. Fernsehbilder und -berichte von grauenhaften Zuständen in Hühner-Batterien, die Erkenntnis, wenn ich schon nicht vegetarisch leben kann, dann sollte ich doch der tierischen Kreatur ein gutes Leben vor dem Tode gönnen, und ein sporadisch immer wiederkehrender Wahn von gesundem Essen trieben mich hinaus aufs Land.

Ich hatte mir allerdings keinen günstigen Zeitpunkt für diese Landpartie ausgesucht, es war ein Samstag, und bis ich erst einmal aus der Stadt raus war, vergingen über zwei Stunden. Ein Stau löste den anderen ab, und ich rechnete mir vor, wie teuer das Suppenhuhn gemessen am Benzinverbrauch und meinem Zeitaufwand wohl würde. Fast schmerzlich dachte ich daran, dass samstags unser schöner kleiner Wochenmarkt ist, wo es auch Bio-Hühner zu kaufen gibt. Ich tröstete mich damit, dass der Kauf eines Suppenhuhns doch nur der Anlass für einen schönen Ausflug war. Ich fuhr über die Dörfer, sah wieder einmal, wie sehr sich die Baumärkte an den einstigen Bauernhäusern vergangen hatten, wurde mehrfach von Motorradgangs überholt, die von Tempo 50 in geschlossenen Ortschaften gar nichts hielten, und bekam den Eindruck, dass ein Leben auf dem Lande, das ich immer mal wieder in Erwägung gezogen hatte, wohl nie meine Sache sein würde. Die Dörfer sind nicht mehr das, was sie waren, als ich dort meine Kindheit verbracht habe. Wie ruhig lebe ich doch in der Stadt, mit meinem kleinen Küchenbalkon, von dem man ins Grüne blickt. Und seit man

den nahen Flughafen stillgelegt hat, um die Maschinen jetzt über den Dörfern starten zu lassen, ist es in meinem Stadtteil sehr still geworden. Selbst unserem Atomkraftwerk, heißt es, soll es demnächst an den Kragen gehen.

Meine Navigation – kürzester Weg, Vermeidung der Autobahn – trieb mich von Dorf zu Dorf, durch Wiesen und Felder, über Landstraßen und schattige Alleen. Es war weit zum Bauern Blüm. Unterwegs kehrte ich im Biergarten eines Gasthauses ein, das »Zur Linde« hieß, obwohl nirgends eine Linde zu sehen war – nur Pflaster und zwei Betonkästen mit undefinierbaren, halb vertrockneten Büschen. Ich aß, in dem, was sich Biergarten nannte, die Kastanien vermissend, ein halbes Hähnchen, denn alles andere war schon aus. Ein Tier, besser gesagt ein halbes Tier, das meiner Meinung nach weder je Körner gegessen noch den Erdboden oder gar Tageslicht gesehen hatte. Und das auf dem Land, für dessen

Ursprünglichkeit man ab und zu in unserer Zeitung wirbt.

Kurz darauf kam ich an dem Supermarkt vorbei, aus dessen Gefriertruhen dieses Hähnchen wohl gekommen war. Nach einem Klärwerk, einem Möbelhaus, zwei Baumärkten und einem Gartencenter ging es links ab, und man sah schon – gleich hinter einem Industriegebiet auf offenem Feld – das Anwesen des Bauern Blüm. Ein Schild mit einem glücklich lächelnden Huhn kündigte ihn an und wies den Weg. HÜHNERHOF NORBERT BLÜM. Die Geschäfte schienen gut zu laufen. Mit Mühe fand ich einen Platz auf einem großen, asphaltierten Parkplatz. Eine Blutspur führte von hier durch das Tor quer über den Hof bis zu einem Verkaufsstand. Viele Menschen kamen mir entgegen. Die einen trugen ihr lebendes Huhn im Käfig davon, andere in Kartons oder in eine Wolldecke gewickelt. Manche kämpften einen verbissenen Kampf

gegen das flatternde Huhn, hielten es mit energischem Griff an den Beinen fest, den Kopf nach unten, und ließen es zappeln. Einer Frau entkam das Huhn und flatterte über das Feld, sie rannte hinterher – ein groteskes Bild. Ein junger Mann fing es schließlich ein und drehte ihm brutal den Hals um. Die Frau schlug auf ihn ein, schrie, weinte hysterisch und rannte davon. Männer stürzten sich auf den Rohling und verprügelten ihn. Das Huhn, doch noch nicht tot – Hühner, das wusste ich, sind zäh –, rappelte sich hoch und rannte über das Feld zur Landstraße, wo es von einem Porsche überfahren wurde. Grausame Welt, dachte ich.

Einige Selbstabholer hielten das tote Huhn weit von sich, denn aus dem Hals tropfte Blut. Mir wurde flau, und ich wollte schon umkehren, mir war nicht mehr nach Huhn und gesundem Leben, ich wollte zu Hause sein, und das vor einer Stunde verzehrte Hähnchen drohte mir hochzukommen. Auch hätte ich nicht zwei Biere dazu trinken sollen. Ich verfluchte das Land, diesen Ausflug und diesen verdammten Wahn vom ethisch verantwortlichen Essen, diese ganze bürgerliche Korrektheit, die mich, warum weiß ich nicht, ergriffen hatte.

Ich stand in einer langen Schlange vor dem Verkaufstisch, und es fiel mir auf, dass alle Hühner hier gelb waren, jawohl, gelb, nicht weiß, nicht bunt gefiedert, sondern gelb. Ich hatte noch nie ein gelbes Huhn gesehen. Ein Besserwisser in der Schlange klärte mich auf. Es handle sich, sagte er, um eine besondere Züchtung, die sehr robust und überaus schmackhaft sei, das sogenannte »Gaymannsche Huhn«. »Gallus Gaymanicus Domesticus«, rief er übertrieben laut, stolz darauf, das zu wissen, und bereit, es mehrfach für jedermann zu wiederholen.

Aha, »schmackhaft«, dachte ich, man darf gespannt sein.

Dann, nach etwa einer halben Stunde, in der ich zwar registrierte, dass aus einer Scheune immer wieder Kisten mit flatternden Hühnern darin zum Verkaufsstand getragen wurden, ich aber kein einziges Huhn irgendwo frei herumlaufen sah, war ich dran. Der Bauer Blüm, es war tatsächlich Norbert Blüm, klein, rundlich, rote Backen und spitze Nase, stand vor mir.

»Einmal?«, fragte er.

»Sagen Sie, Herr Blüm, sind die Renten noch gesichert?«, fragte ich ihn.

»Bitte?«

»Ob die Renten noch gesichert sind. Sie haben doch immer gesagt, dass die Renten gesichert sind.«

Er lächelte.

»Meine schon, junger Mann. Einmal!?«

»Ja«, sagte ich und ärgerte mich über die Bezeichnung »junger Mann«, die ich zwar der etwa zwanzigjährigen Verkäuferin auf dem Wochenmarkt zuzugestehen bereit war, aber nicht Norbert Blüm.

Er griff hinter sich in eine der Holzkisten, in denen Dutzende von gleich aussehenden Hühnern – alle gelb, wie gesagt – auf engem Raum herumgackerten, schnappte sich eines und hielt es mir hin, die beiden dünnen Beine in einer Faust zusammengedrückt. Es zappelte und flatterte furchtbar, er musste es sehr fest halten. Ich schaute es verzagt an, was Norbert Blüm falsch verstand.

»Die sind alle gleich«, sagte er.

»Jaja«, sagte ich.

»Eines wie das andere!«, rief er, sich gebärdend wie ein Marktschreier.

»Bitte schlachten Sie es mir.«

«Für fünf Euro schlachte ich nicht auch noch.«

»Aber so kann ich es nicht mitnehmen, was soll ich mit einem lebenden Huhn?«

»Sie können es selbst schlachten.«

»Ich – äh – das kann ich nicht – ich –«

»Da hinten steht ein Hackstock!«

Ich schaute in die gezeigte Richtung und sah einen blutüberströmten Hackstock mit einem Beil. Der Boden davor war übersät mit blutigen Hühnerköpfen. Ein Mann erledigte fröhlich lachend das Kopfabschlagen für Zaghafte, die ihm gerne etwas Trinkgeld gaben. Ein mörderisches Geschäft, dachte ich.

Ich musste an eines meiner schlimmsten Kindheitserlebnisse denken. Ich war etwa sieben oder acht Jahre alt, und wir, eine Flüchtlingsfamilie, wohnten noch auf dem Bauern-

hof. Es war die Zeit, da es noch keine Traktoren gab und man Pferde vor die Fuhrwerke spannte, und es war die Zeit, da das Federvieh noch frei auf dem Hof herumlief, man ihm Körner und Brotreste hinwarf und das Gefühl hatte, dass es sich um glückliche Hühner handelte. Eines Tages zeigte die Bäuerin auf ein Huhn und bedeutete mir, dass ich es einfangen und schlachten sollte. Ich hatte zwar oft zugesehen, wie die Bäuerin oder der Bauer am Hackstock dem Huhn mit einem Beil den Kopf abschlugen, aber die Vorstellung, das selbst tun zu müssen, war mir unheimlich. Ich zögerte, wollte mich drücken, doch die Bäuerin sagte ungerührt: »Wer nicht schlachten mag, der braucht auch kein Fleisch essen, aus und amen.« Sie ging ins Haus. Da stand ich und entschloss mich, an einen knusprigen Hähnchenschenkel denkend, zur Tat. Ich fing das Huhn, das sich mächtig wehrte, hielt es mit Mühe fest, ging zum Hackstock, nahm das

Beil und hieb mit einem Schlag dem Vieh den Kopf ab. Womit ich nicht gerechnet hatte, waren die Lebensgeister des kopflosen Huhns. Es entkam mir und flatterte bluttropfend über die Scheune. Ich schaute hinterher und hörte die Bäuerin laut lachen. Hinter der Scheune war die Friedhofsmauer. Über diese war das Huhn geflogen, hatte mehrere Grabsteine bespritzt, bis es auf einem Grab liegen geblieben war. Den Rest des Tages verbrachte ich damit, die Grabsteine zu reinigen. Eine Arbeit, die mich so manchen der Verstorbenen und seinen in Stein gemeißelten Namen verfluchen ließ.

Danach habe ich nie mehr geschlachtet und auch nicht mehr dabei zugesehen.

Ich zögerte immer noch, und Norbert Blüm wurde leicht ungeduldig:

»Was denn nun? Entscheiden Sie sich!«

Ich schaute wieder das Huhn an, und für den Bruchteil einer Sekunde trafen sich unsere Augen. Ich sah Angst und Verzweiflung, und es war um mich geschehen. Nur eines, ein einziges dieser Tiere hier aus der Menge der Geschundenen freikaufen, dachte ich, ihm das Leben schenken, Gnadenkörner, was auch immer. Ich könnte es zu Heidi bringen, auf den kleinen Hof, auf dem alle Tiere, auch die Hühner, jeweils an Altersschwäche sterben. Irgendein weiser Mensch soll einmal gesagt haben: »Schaue dem Tier, das du zu töten gedenkst, niemals in die Augen.«

Ich zahlte fünf Euro, nahm das Huhn, hielt es, um ihm nicht weh zu tun, ziemlich ungeschickt fest und machte mich auf den Weg zum Parkplatz. Das Huhn wehrte sich, pickte frech nach meinen Armen, flatterte, benahm sich seinem Retter gegenüber so undankbar, dass ich beschloss, von der Befreiungsaktion Abstand zu nehmen. Ich werde Fritz anrufen, der wird es mir schlachten und seiner Bestimmung zuführen. Der kann das, der ist nicht wie ich ein Flüchtlingskind, sondern ein gestandener Bauernsohn aus der Eifel. Der macht sich ohnehin immer lustig über uns, die wir Fleisch essen, aber beim Schlachten nicht einmal zusehen können. Er schlachtet alles, Lämmer, Schafe, Ziegen, natürlich auch Federvieh. Oder ich bringe das Huhn zu Serdar, meinem türkischen Freund. Dann wird es geschächtet. Nun also nichts wie weg von diesem schrecklichen Ort des Grauens, des vielfachen Mordes an unschuldigen Kreaturen, einem Morden, mit dem Norbert Blüm sich seine Rente aufbessert.

Im Wagen, ich setzte es einfach auf den Beifahrersitz, saß das Huhn erst einmal ruhig da und atmete schwer. Als ich aber fuhr, drehte es schier durch. Es flatterte gegen die Scheiben, röchelte, wollte raus, flog von vorne nach hinten und zurück, ermüdete schließlich, saß wieder auf dem Beifahrersitz und starrte mich an. Ich schaltete das Radio ein, klopfte einen Rhythmus aufs Lenkrad, gab mich

desinteressiert an Hühnergefühlen, denn ich wusste: Jetzt nicht hinschauen, nicht wieder diese Augen!

Ich schaute hin. Dazu muss ich sagen, dass mein ab und zu aufkommendes Umweltbewusstsein nur sentimentalen Ursprungs ist und nie lange anhält. Immer wenn ich ein kleines zartes Lämmchen auf einer Wiese streichle, beschließe ich unverzüglich, Vegetarier zu werden, und wenn ich im Fernsehen diese furchtbaren Filme über Tiertransporte und Massentierhaltung sehe, weiß ich: nie wieder Currywurst!

Ich schaute hin.

Es sah nett aus, das Huhn. Es legte den Kopf schief, verdrehte den Hals so, dass es mich mit beiden Augen ansehen konnte, als wollte es mich fragen: »Wer bist du, wie heißt du?«

»Ich heiße Heinz«, sagte ich.

Und mir war, als würde es zufrieden nicken.

Wir kamen in einen Stau. Wie lange würde das dauern, wie lange würde das Huhn ruhig bleiben? Hoffentlich hatte Fritz Zeit, oder Serdar, denn was sollte ich mit einem Huhn in der Wohnung? Ich könnte auf dem Küchenbalkon einen kleinen Käfig bauen. Ein Suppenhuhn – Gallus Gaymanicus Domesticus – als Haustier, das wäre doch was! Nein, ich verwarf den Plan. Keine solchen Abhängigkeiten mehr, die Haustiere zwangsläufig mit sich bringen. Und außerdem: So ein Huhn hat ein Recht auf Auslauf, auf genügend Platz, auf Erdboden und Freiheit, Landluft und Gesellschaft, oder eben auf den Gnadentod. Ich würde es doch wohl zu Heidi bringen.

Jetzt pickte es interessiert an der Klappe des Handschuhfachs herum. Es entstand fast ein Rhythmus. Chickenrock, dachte ich, in den Siebzigerjahren von der Band Guru Guru gespielt. Wie seidig seine Federn waren! Ich langte hinüber und streichelte es ganz behut-

sam. Es duckte sich zunächst ängstlich nieder, doch dann reckte es sich wohlig, drückte seinen warmen kleinen Kopf in meine Hand.

Man muss es ja nicht nur schlachten, ihm also den Kopf abschlagen, durchfuhr es mich, man muss es auch rupfen. Ich glaube, man steckt es in heißes Wasser und reißt ihm dann die Federn aus. So hat das doch die Bäuerin immer gemacht. Fritz wird es wissen und machen, er hat da kein Problem, im Gegenteil.

Als ich noch draußen am Stadtrand wohnte, hatte ich Katzen. Sie hatten natürlich Namen. Der Hund auch. Sogar ein Igel, der mich regelmäßig besuchte, um sich ein Ei abzuholen, wurde von mir getauft. Er hieß Wilhelm Meister. Und auch die beiden Tauben, die ich in der Stadt auf meinem Küchenfensterbrett regelmäßig heimlich füttere, haben Namen, sie heißen Samuel und Beckett. Sogar ein Schwanenpaar im städtischen Weiher, das ich in harten Wintern füttere, wurde von mir getauft: Wanda und Wladimir Horowitz. Warum sollte nun dieses Huhn, das inzwischen die Bonbonpapiere aus meinem Aschenbecher pickte, keinen Namen haben?! Ich werde es Carola nennen, wie eine Frau heißt, die ich kenne, die einem Huhn ähnlich sieht.

»Ich taufe dich Carola, dann bist du wenigstens getauft, wenn du das Zeitliche unter dem Axthieb von Fritz segnest.«

Es schaute mich mit seinen furchtsamen Augen fragend an.

»Carola«, sagte ich.

Es drückte wieder, als hätte es den Namen akzeptiert, seinen Kopf in meine Hand.

Ach, hätte ich doch Norbert Blüm noch mal fünf Euro gegeben, damit er dich schlachtete. Du hättest mich nicht so treuherzig ansehen können, du wärest in einer Plastiktüte gelandet und hättest keinen Namen bekommen. Warum habe ich verdammt noch mal nicht ein Huhn auf dem Markt oder tiefgefroren im Supermarkt gekauft? Da gibts auch welche, auf denen »körnergefüttert« steht, was genauso wenig nachweisbar ist wie die Behauptung des Bauern Blüm, dass er dich mit Körnern und nicht mit peruanischem Fischmehl oder gar Mehl von deinesgleichen gefüttert hat. Und wer weiß, ob das wirklich stimmt, dass ihr gelben Hühner schmackhafter seid als andere.

Der Stau hatte sich aufgelöst, es war dennoch viel Verkehr, aber es lief zügig, allerdings mit zu geringen Abständen zwischen den Autos. Ich sollte mich auf den Verkehr konzentrieren und hatte doch meine Gedanken woanders.

Was mag Carola für ein Leben gehabt haben? Wie alt mag sie sein? Ja, wie alt ist ein Huhn, wenn es als Suppenhuhn in den Handel kommt? Wie viele Eier mag sie in ihrem Leben dem Bauern Blüm gelegt haben, ehe er sie zur Schlachtung freigab? Hat sie in einem Käfig gelebt, war sie ein Freilandhuhn oder eines aus Bodenhaltung, was auch immer das heißt? Kommen diese Kisten, die da beim Bauern stehen, vielleicht aus Polen von einem Massenhühnerbetrieb? Ist so ein Hühnerleben wirklich nur fünf Euro wert? Kosten nicht die Bio-Hühner und -Hähnchen auf dem Wochenmarkt zwölf bis vierzehn Euro? Und ist es richtig, dass ich mir über das alles Gedanken mache? Bin ich nicht ein blöder sentimentaler unrealistischer Kerl, der dem Leben nicht in die Fratze schauen kann? Sterben nicht täglich auf der Welt Menschen an Hunger, und ich mache hier ein Geschiss um ein Suppenhuhn? Allerdings: Den Hungernden in der Welt habe ich nicht in die Augen geschaut. Das ist, wurde mir klar, mein Dilemma.

Carola pickte jetzt intensiv in die schäbigen Polster meiner Autositze. Schon zog sie weiße Flusen aus dem Inneren. Sachte griff ich hinüber, um sie abzulenken. Für einen Moment lag wieder ihr kleiner warmer Kopf in meiner Hand. Sie schaute mich an. Ich sah ihre Augen, diese Augen, mein Gott, was für Augen! Dann sah ich blinkende rote Lichter – und schon krachte es. Vor mir hatte jemand voll gebremst, ich war aufgefahren, saß mit meiner Kühlerhaube fast im Kofferraum des Autos vor mir, es tat einen weiteren Knall und hinter mir schob sich ein Auto in mein Wageninneres. Scheiben klirrten, die Türen sprangen auf, ich konnte gerade noch meinen Sicherheitsgurt lösen, um hinter Carola herzueilen, die durch die offene Tür auf die Fahrbahn geflogen war. Im letzten Moment bekam ich sie zu fassen. Ein Auto, das noch ausweichen konnte, hätte uns fast beide überrollt.

Nun stand ich verwirrt da, hielt Carola fest umschlossen, spürte ihr Zittern, zitterte selbst am ganzen Leib, schaute befremdet fluchende Männer und weinende Frauen an und registrierte kaum das Desaster um mich herum. Ich

hatte ein Lebensretter-Glücksgefühl, dieses warme Wesen in meinem Arm.

Plötzlich stand eine stattliche, um nicht zu sagen korpulente Frau vor mir.

»Oh, ein Huhn, ein wirkliches echtes Huhn, ist ihm was passiert?«, flötete sie.

»Das ist Carola.«

»Carola! Gott, wie süß. Die ist ja zu und zu niedlich! Ist ihr was passiert?«

»Nein, wir haben Glück gehabt, es scheint alles in Ordnung zu sein.«

»Aber schauen Sie, die Kleine blutet ja!«

Tatsächlich, Carola blutete, ein Flügel war eingerissen. Ich muss sie zu fest an mich gepresst und dabei verletzt haben. Die Frau bot an, Carola in ihr unbeschädigtes Auto zu bringen, bis die unseligen Unfallformalitäten erledigt sein würden.

Eine halbe Stunde später, nachdem alles, auch das Abschleppen des Wagens, veranlasst war, saß ich mit der immer noch zitternden

Carola auf meinem bereits blutgetränkten Schoß im Auto von Frau Wohlgemuth. Ich presse Carola an mich, streichelte sie, legte wieder ihren Kopf in meine Hand, um sie zu beruhigen, was ziemlich vergeblich war, denn hinten im Auto, Gott sei Dank durch ein Gitter von uns getrennt, rüpelte ein Riesenschnauzer namens Egon, Beute witternd und mit den neuen Gästen überhaupt nicht einverstanden. Frau Wohlgemuths sanfte Beteuerungen, dass es sich doch um Carola und ihr Herrchen handle und dass die arme kleine Carola, die wir alle lieb hätten, so ein schlimmes Wehwehchen habe, beeindruckten Egon nicht. Beute ist Beute, und der Mensch ein unzulänglicher Wicht, der sie einem vorenthält, dachte Egon – wenn denn ein Hund denken kann.

»Jetzt fahren wir erst einmal zu mir«, sagte Frau Wohlgemuth. Bei anderer Gelegenheit, dachte ich, da ich sie durchaus attraktiv fand, in einer angenehmeren Situation als dieser wäre das ein Angebot gewesen, das ich nicht ausgeschlagen hätte, denn ich habe eine Schwäche für stattliche Frauen. Doch jetzt erschien es mir angesichts dessen, was passiert war, unverhältnismäßig, zumal Frau Wohlgemuth nicht aufhörte zu betonen, wie sehr Carola, das Suppenhuhn, an Leib und Leben gefährdet war.

»Ich wohne ganz nah, gleich sind wir da und dann verarzten wir unsere kleine Süße erst einmal und Sie können Carmen zu mir sagen.«

»Ich heiße Heinz.«

Carmen Wohlgemuth. Hätte sie mir, der ich nach der Trennung von meiner Frau alleine lebe, nicht zu anderer Zeit begegnen können? Naja, noch war diese Geschichte nicht zu Ende, wer weiß!

Wir fuhren also zu ihr.

Was in meiner Phantasie eine Verlockung hätte sein können, entpuppte sich als Albtraum.

Parkplatz suchen, umständlich einparken, Egon beruhigen, mit Hund und Huhn um zwei Häuserblocks marschieren, Altbau, Dreizimmerwohnung im fünften Stock, ohne Lift, vier Schlösser aufsperren, von innen ein weiterer Hund, Terror veranstaltend, Tobi, Mittelschnauzer, ebenso wenig begeistert von der neuen Bekanntschaft, von überflüssigem Mann und Beutetier.

Wir betraten, nachdem die Hunde in ihre Schranken verwiesen worden waren, einen Zoo. Drei Papageien, ein Tukan, zwölf Schildkröten, mehrere Kanarienvögel, ein Aquarium mit Fischen und – »folgen Sie mir mal ins Schlafzimmer, Heinz« – in einem Terrarium mehrere Schlangen.

»Das sind Susi, Jenny und Liz – meine Mädels.«

Sie nahm eine der Schlangen, einen eineinhalb Meter langen Schlauch, aus dem Terrarium, legte sie sich um den Hals, küsste sie und kam mir damit ziemlich nahe, was mich erstarren ließ.

»Susi, meine Liebste, gib Mama Küsschen!«

Die Schlange stupste sie an die Nase.

»Susi schläft bei mir im Bett.«

Sie legte die Schlange wieder an ihren Platz. Mir war schummerig – nichts wie raus hier, dachte ich.

Tobi und Egon, die schwarzen Aufpasser, die wohl auch in diesem Bett schlafen, fanden es gar nicht gut, dass ich das Allerheiligste betreten durfte, sie knurrten gefährlich. Ich verließ es sofort wieder und mir graute. Die drei Papageien, auf Stöcken sitzend, riefen Namen wild durcheinander. Tobi und Egon, Susi und Jenny, Liz und Rudi, Frank und Oliver, Sieglinde und Johnny, Kevin und Roger. Ich wusste nicht, ob das die Namen all der hier lebenden Tiere waren oder die von verflossenen Liebschaften, oder ob all die Tiere even-

tuell nach all den verflossenen Liebschaften benannt worden waren, und es war mir auch egal.

Carola hatte in der von der kürzlich verstorbenen Katze Sieglinde hinterlassenen Transportbox Schutz gefunden. »Ach, unsere Sieglinde, sie war so unvergleichlich. Wir haben sie über alles geliebt und trauern immer noch, nicht wahr?« Die befragten Tiere schienen zu nicken.

Während Carmen Wohlgemuth sorgenvoll Carolas Wunde begutachtete und zu der Erkenntnis kam, dass wir einen Tierarzt aufsuchen sollten, weil die Gefahr einer Infektion doch zu groß sei, da verfüge sie über Erfahrung, rief für mich die Werkstatt an und konstatierte für meinen Wagen einen Totalschaden. Das, so Carmen, sei nebensächlich, wichtig sei doch lediglich, dass Carola den Unfall, wenn auch schwer verletzt, überlebt habe. Wichtig seien doch die Tiere und deren Wohlergehen.

Auf meine Bemerkung, dass ich froh sei, den Unfall auch überlebt zu haben, unbeschadet sogar, sagte sie nichts, um dann nach einer kleinen Pause weiterhin davon zu reden, dass ihr die Tiere ohnehin näherstünden als die Menschen.

Ich nahm unverzüglich von der Vorstellung Abschied, dass ich mich eventuell in diese Frau hätte verlieben können. Meinen Namen, dessen war ich sicher, würden diese Papageien nicht krächzen. Und ich musste an den Rentner im Park denken, der mit zärtlichem Blick auf seinen für mich beängstigend aussehenden Rottweiler einmal zu mir gesagt hatte: »Der Kuno ist mir der liebste Mensch.«

Wir sollten aufbrechen, meinte Carmen, denn sie mache sich doch Sorgen um Carola, die ihrer Meinung nach eine gründliche Untersuchung und eventuell eine stabilisierende Spritze brauchte.

Wieder saß ich in ihrem Auto, diesmal

Carola im Käfig auf meinem Schoß und ohne Beute heischenden Hund.

Carmen Wohlgemuth kannte in der Nähe eine vorzügliche Tierarztpraxis, von zwei ganz lieben Schwulen betrieben, die all ihre Tiere schon seit Jahren behandelten.

»Auch die Schlangen?«, fragte ich.

»Aber natürlich.«

»Was haben Schlangen für Krankheiten?«

»Allergien zum Beispiel. Schlangen sind sehr empfindlich.«

»Aha.«

»Susi hat öfter mal Depressionen.«

»Was für eine Schlange ist sie?«

»Eine Kornnatter – Elaphe guttata guttata.«

»Bitte?«

»Die heißt so. Elaphe guttata guttata.«

»Und die hat Depressionen?«

»Manchmal, ja. Sie ist die Jüngste, und Jenny und Liz mobben sie manchmal.«

»Sind die giftig?«

»Nein, es sind kleine Würgeschlangen.«

»Und was fressen die?«

»Mäuse – kleine Ratten – am liebsten Küken.«

»Küken?«

Ich schaute Carola an, die schon wieder unruhig wurde, weil ihr das Autofahren überhaupt nicht gefiel.

»Lebend?«

»Am liebsten lebend, ja.«

»Wie furchtbar!«

»Das ist die Natur – essen Sie noch Fleisch?«

»Ganz selten«, log ich. »Und Sie?«

»Natürlich nicht.«

Diese Logik wollte sich mir nicht erschließen. Sie lebt vegetarisch aus ethischen Gründen, und ihre Schlangen fressen lebende Küken. Ich wagte es nicht, sie zu fragen, wo sie die lebenden Küken her holte und ob sie selbst ihnen diese zum Fraß vorsetzte. Es ist keine Logik in der Tierliebe – vielleicht überhaupt nicht in der Liebe –, dachte ich.

Wir fuhren durch einen eleganten Stadtteil mit prächtigen Villen und entsprechenden Grundstücken und hielten schließlich vor einem architektonisch eigenwilligen Holzhaus. Ein Mercedes und ein Jaguar signalisierten Wohlstand. »Haus der Tiere« stand auf einem Schild. Dr. Julius Koppa und Dr. Andreas Harder – Veterinäre. Über der Tür stand »Willkommen Du Mensch, willkommen Du Tier!«, und wir traten ein. Eine junge Frau an der Rezeption, die sich als Erdmute vorstellte und auch so aussah, und Carmen Wohlgemuth begrüßten sich herzlichst mit Küsschen rechts und links. Dasselbe Ritual fand mit zwei dicken Herren statt, die sich als Julius und Andreas vorstellten – die Doktoren.

»Angenehm, Heinz«, sagte ich. Alle duzten sich – es war wie bei IKEA.

Ich hatte den Käfig mit Carola unter dem Tresen der Rezeption abgestellt, um sie vor den geifernden, hechelnden Blicken einiger Hunde zu schützen.

»Name des Patienten?«, fragte Erdmute, die das Huhn noch nicht wahrgenommen hatte.

»Carola.«

»Katze?«

»Huhn.«

»Ah, Hund – Rasse?«

»Nein, es handelt sich um ein Huhn.«

Erdmute schaute mich verwirrt an. Ich gackerte kurz, und sie verstand.

»Ah, ein Huhn!«

Ich hielt jetzt den Käfig hoch.

»Schau doch nur, wie süß sie ist, unsere kleine Carola – und hatte so einen schlimmen Unfall«, flötete Carmen.

»Ja, wirklich süß – naja, die Jungs werden ihr helfen können – warst du schon mal bei uns?«

»Nein.«

Bei »Geschlecht?« wurde Erdmute wieder förmlich, was sie einer frischen Karteikarte gegenüber auch sein musste.

»Ja, also, weiblich würde ich sagen – es ist ein Suppenhuhn.«

»Und sie heißt doch Carola«, sagte Carmen.

»Also weiblich?«

»Natürlich.«

»Na, dann nehmt doch Platz.«

Wir setzten uns zu drei Hunden, zwei Katzen, einem Hasen, einem Hamster, einer Schildkröte, einem Frosch und deren Besit-

zern. Carola war jetzt ganz ruhig, hatte die Augen geschlossen und nahm um sich herum nichts mehr wahr. Für einen Moment dachte ich, sie sei tot, und ich ertappte mich bei dem Gedanken, dass es eine Erlösung gewesen wäre. Doch dann schaute sie mich wieder mit diesem Blick an, der sagen wollte: Was geschieht jetzt mit mir, passt du gut auf mich auf, beschützest du mich? Und ich schämte mich.

Im Wartezimmer war Carola der Mittelpunkt des Interesses und der Gespräche.

Selbst die Besitzerin des Frosches, der nach ihrer Aussage an Keuchhusten litt, fand es exotisch, dass jemand ein Huhn – oder wie ich immer sehr zum Entsetzen der Katzenbesitzerinnen betonte, ein Suppenhuhn – als Haustier hat.

Ausführlich musste ich den Hergang des Unfalls erzählen, fand Entsetzen und Anteilnahme vor, die allerdings wiederum nur Carola und nicht mir galten. Ich war froh, dass mich niemand fragte, woher ich dieses Huhn hatte, denn was hätte ich sagen sollen? Unmöglich hätte ich diesen gnadenlosen Tierfreunden von meinem schnöden Bedürfnis erzählen können, auf dem Land ein billiges Suppenhuhn zu erwerben, um es im Kochtopf landen zu lassen, für Hühnersuppe und Frikassee bestimmt. Die ganze Palette von der Verachtung bis zur Lynchjustiz wäre mir sicher gewesen.

Nachdem der Frosch für fünfunddreißig Euro ein Rezept und eine Spritze gegen seinen Keuchhusten bekommen hatte, waren wir dran. Carmen Wohlgemuth, die ausgiebig betont hatte, wie süß und wunderbar die beiden Jungs im weißen Kittel doch seien, ein Paar übrigens von einer Liebe zueinander, wie es wohl, da habe sie schlechteste Erfahrungen gemacht, zwischen Mann und Frau undenkbar sei.

Die beiden waren von Carola entzückt und tänzelten förmlich um sie herum.

»Oh, ein Hühnchen, Gott, wie süß, ein Hühnchen!«, gackerten sie unisono.

»Das ist Carola«, sagte ich betont sachlich.

»Unsere kleine süße Carola«, piepste Carmen dazwischen, »und sie hat so ein schlimmes Wehwechen!«

Sie holten Carola aus dem Käfig, streichelten sie, ließen sie an ihren Fingern picken und wollten schier gar nicht mehr aufhören zu betonen, wie wunderbar es doch sei, dass jemand so ein Wesen als Haustier hält.

»Mein Gott«, sagte Andreas, »man darf sich gar nicht vorstellen, dass Menschen so was essen!«

Während ich Carmen Wohlgemuth ihren Vegetarismus sehr wohl glaubte, wurde ich das Gefühl nicht los, die beiden Doktoren schon in dem Steakhouse gesehen zu haben, in dem ich jeden Donnerstag esse, wenn die Steaks nur die Hälfte kosten.

»Aha, Gallus Gaymanicus«, sagte Julius

kennerhaft, und ich dachte mir, dass er wohl das Wort »schmackhaft« unterdrückte.

»Wo hast du die denn her?«, fragte Andreas, während Julius Carola ein Fieberthermometer in den Hintern steckte.

»Sie ist mir zugelaufen«, log ich. Gott sei Dank fragten sie nicht nach den näheren Umständen. Denn wie erklärt man, dass einem und wie einem ein Suppenhuhn zugelaufen ist?

Sie untersuchten Carola nach allen erdenklichen Regeln ihrer Kunst. Nein, Fieber habe sie nicht, auch das Herz sei in Ordnung und der Kreislauf stabil. Ein EKG sei wohl nicht von Nöten, aber man könne, wenn ich Gewissheit haben wolle, einen Bluttest machen. Ich willigte ein, und eine Assistentin nahm Carola Blut ab, was die sich gefallen ließ. Ich hatte überhaupt den Eindruck, dass sich das Tier gegen nichts mehr wehrte und sich einfach seinem Schicksal ergab. Ernsthaft krank sei Carola wohl nicht, aber sie habe doch einen Schock, Hühner seien da sehr sensibel, man gebe ihr prophylaktisch eine Spritze, ein harmloses Antibiotikum, was auch geschah. Noch einmal musste ich, während die Wunde am eingerissenen Flügel verarztet wurde, vom Unfall erzählen. Ich wurde das Gefühl nicht ganz los, dass mich die beiden belächelten und dass sie solche wie mich und Carmen Wohlgemuth und all die menschlichen Klienten im Wartezimmer für verrückt hielten, aber bestens dafür geeignet, sie abzuzocken. Ich sollte zur Sicherheit in zwei Tagen wiederkommen, bis dahin habe man dann auch die Blutwerte. Ich zahlte hundertfünfzehn Euro – die Blutuntersuchung inbegriffen –, denn da waren sie doch schlau genug, das gleich zu kassieren, weil sie sich vielleicht vorstellen konnten, dass ich nicht wiederkommen würde.

Carmen Wohlgemuth, zufrieden über ihren Einsatz und das Du jetzt auf uns übertragend, fuhr uns nach Hause und gab mir ihre Telefonnummer, denn sie wollte unbedingt von Carolas Befinden unterrichtet werden. Sie bot auch an, mich in zwei Tagen wieder zur Tierarztpraxis zu fahren, da mit den traumatischen Spätfolgen von Unfällen nicht zu spaßen sei, und man wolle sich doch auch Sicherheit verschaffen, was die Blutwerte betreffe.

»Das musst du ernst nehmen, Heinz, versprich mir das.«

»Verspreche ich, Carmen.«

Ich trug mein neues Haustier behutsam hinauf in meine Wohnung. Kaum hatte ich Carola auf mein Bett gesetzt, sie aus dem Käfig entlassen, schiss sie befreit, weißgrau und ziemlich flüssig. Mir schwante, was ich mir aufgeladen hatte. Ans Schlachten würde nicht mehr zu denken sein. Man isst nicht ein Tier, das einen Namen hat und eine Karteikarte beim Tierarzt, das ein Antibiotikum gespritzt bekommen und hundertfünfzehn Euro

Arztkosten verursacht hat. Und was würde ich Carmen Wohlgemuth sagen? Überhaupt, sagte ich mir, ich muss jetzt endlich mal aufhören, das Fleisch unschuldiger Tiere zu essen. Kein Hähnchencurry mehr beim Thai, keine Steaks im Steakhouse, kein Saltimbocca alla romana bei Franco, kein Schweinebraten im Engelbecken bei der bayerischen Köchin, keine Salami, kein Schinken aus Parma, keine getrüffelte Leberpastete aus der Bourgogne. Mir lief das Wasser im Mund zusammen bei dem Gedanken an diese große Verzichtsarie.

Mein Gott, durchfuhr es mich, Carola wird Hunger haben. Da ich selbst Brot backe, hatte ich Weizen- und Roggenkörner im Haus. Die setzte ich Carola vor. Sie pickte daran, fraß aber nicht, sondern wandte sich indigniert ab, als hätte sie noch nie solche Körner gesehen. Ob der Bauer Blüm sie wirklich körnergefüttert hatte? Ob der Schock wirklich so tief sitzt, dass sie nicht fressen kann, fragte ich mich.

Wenn es mir nicht gelänge, herauszubekommen, was Carola frisst, würde ich Blüm anrufen und nach seinem Hühnerfutter befragen. Ich ließ Carola, die es sich jetzt auf meinem Bett bequem gemacht hatte, allein, ging zum Bio-Supermarkt, kaufte Kanarienfutter, Katzendosen, Trockenkekse, Müsliriegel und allerhand andere Leckereien. Irgendetwas davon, dachte ich, wird sie wohl mögen. Ich konnte es mir nicht verkneifen, in die Kühltruhe des Bio-Marktes zu schauen. Da lag ein Suppenhuhn, tiefgefroren, für achtzehn Euro.

Auf dem Weg nach Hause rief mich Carmen Wohlgemuth schon auf dem Handy an. Ob alles okay sei mit unserer kleinen Süßen, und ob sie gegessen habe, denn, das sei ihr gerade eingefallen, es könnte eine Esshemmung in Folge des Schocks vorliegen. In dem Falle würde sie mich natürlich gleich zu den Jungs fahren, damit man Carola künstlich ernähren könne.

»Ich habe ihr Weizen- und Roggenkörner gegeben«, sagte ich, »und sie hat mit großem Appetit gefressen. Danke, es ist alles in Ordnung.«

Als ich wieder in die Wohnung kam, war Carola nicht zu sehen. Wo war sie? Siedend heiß fiel mir ein, dass ich die Küchenbalkontür offen gelassen hatte. Ich eilte in die Küche und sah Carola auf der Balkonbrüstung sitzen.

»Carola!«, rief ich. »Halt! Nein! Nicht!«

Sie spannte die Flügel auf und flog.

Ich rannte auf den Balkon und flog hinterher.

Da wachte ich auf. Es war schon hell, die Sonne schien herein, ich hatte lange geschlafen. Hatte ich geträumt? Ja, ich hatte geträumt. Aber was? Wie so oft, wenn ich ahne, dass ich geträumt habe, konnte ich nicht dahinter kommen. Ich war wie gerädert, verwirrt, brauchte ein paar Minuten, um richtig wach zu wer-

den. Irgendwie war ich, glaube ich, geflogen, des Fliegens tatsächlich mächtig gewesen. Der Wecker klingelte immer noch, ich machte ihn aus. Neben dem Wecker lag der Anzeigenteil der Zeitung. Ich hatte vor dem Einschlafen noch etwas angestrichen. Ich suchte meine Brille und las:

»Suppenhühner, körnergefüttert, direkt vom Bauernhof für Selbstabholer, 5 Euro – Bio-Bauer Blüm«

BERND SCHROEDER, 1944 geboren im heute tschechischen Aussig, wuchs in Fürholzen (Oberbayern) auf. Als Autor und Regisseur zahlreicher Hör- und Fernsehspiele erhielt er 1985 den Adolf-Grimme-Preis, 1992 den Deutschen Filmpreis. Bernd Schroeder schreibt seit 1992 Romane und lebt in Berlin.

PETER GAYMANN, 1950 in Freiburg im Breisgau geboren, ist ein deutscher Cartoonist, Grafiker und Schriftsteller. Das Huhn ist sein Markenzeichen, ihm widmete der Künstler bereits zahlreiche Bücher. Seine Werke stellt er zudem regelmäßig in zahlreichen Ausstellungen im In- und Ausland aus. Peter Gaymann lebt und arbeitet in Köln.